Pour Oscar, Léon, et Ernest, les trois tsarévitchs du 2e étage.

É. F.

Pour Héloïse et Arnaud.

S. D. et G. L. M.

Pour Paul et Elise.

M.-A. H.

illustrations
Marie-Alice Harel

Élodie Fondacci
raconte en musique

avec
Shani Diluka
et Gabriel Le Magadure
du Quatuor Ebène

La
Princesse
Grenouille

Il était une fois, dans la lointaine Russie, un tsar qui avait trois fils, beaux et vaillants, qu'il aimait d'une égale affection.

Un matin, il les fit appeler :
« Mes chers fils, il est temps de vous marier.
J'aimerais connaître mes petits-enfants avant de mourir.
Prenez vos arcs et tirez chacun une flèche.
La jeune fille qui vous la rapportera deviendra votre épouse.
– Et si aucune jeune fille ne rapporte nos flèches ? demanda l'aîné.
– Dans ce cas, vous ne vous marierez pas »,
répondit le tsar sur un ton qui n'admettait pas de réplique.

Les trois fils s'inclinèrent devant leur père et ils sortirent.

Le premier, l'aîné leva son arc, et il lança sa flèche vers l'est
– là où se lève le soleil.
La flèche traversa le ciel en vibrant
et alla se planter dans la cour d'un château.
La fille du seigneur des lieux la ramassa,
et le prince demanda sa main sur-le-champ.

Le second fils tira vers l'ouest
– là où se couche le soleil.
Sa flèche fendit l'air et atterrit
devant la maison d'un riche marchand.
L'homme avait une fille ravissante.
Et le prince le pria de la lui donner pour femme.

Le plus jeune fils, le prince Ivan Tsarévitch, s'avança à son tour.
Il banda son arc et, de toutes ses forces, il tira vers le sud.
Mais sa flèche partit si loin qu'elle se perdit derrière un nuage
et disparut.

Alors le prince Ivan sauta sur son cheval et,
sans perdre un instant, il s'élança au grand galop
à travers la plaine.

Il chercha sans relâche.

Il traversa des forêts, il parcourut des montagnes.

Il arpenta des steppes immenses, hérissées de bouleaux argentés.

Mais nulle part, il ne trouva sa flèche.

Il avait perdu tout espoir, lorsqu'il arriva dans un vaste marais.

L'eau s'étendait à perte de vue et miroitait entre les hautes herbes…

Quelques canards sauvages glissaient paresseusement entre les ajoncs,
en frôlant les nénuphars.

Le prince Ivan guidait son cheval avec précaution sur le sol gorgé d'eau,
quand il entendit une petite voix :

« Ne cherche plus ta flèche, Ivan Tsarévitch, la voici. »

Le jeune homme se retourna, mais il ne vit personne.

« Regarde à tes pieds prince Ivan. »

Le jeune homme baissa les yeux et il aperçut une minuscule grenouille
qui tenait la flèche entre ses pattes.

Le prince Ivan sauta à terre et il s'agenouilla auprès d'elle.

« Merci, gentille grenouille, de l'avoir ramassée, dit-il.
– Je suis heureuse de t'avoir rendu ce service, répondit-elle.
Et encore plus de devenir ta femme. »

Le prince Ivan écarquilla les yeux.
« Devenir ma femme ? Que veux-tu dire ?
Comment pourrais-je épouser une grenouille ? »
Mais elle le dévisagea gravement :
« C'est pourtant moi qui ai trouvé ta flèche. »

Déconcerté, Ivan regarda la peau verte et visqueuse de l'animal,
et ne put réprimer un frisson de dégoût.
Elle n'avait pas l'air de plaisanter.
« C'est mon père le tsar qui va trancher », décida Ivan.

Et, attrapant la grenouille de sa main gantée,
il la posa sur sa selle et repartit au galop.

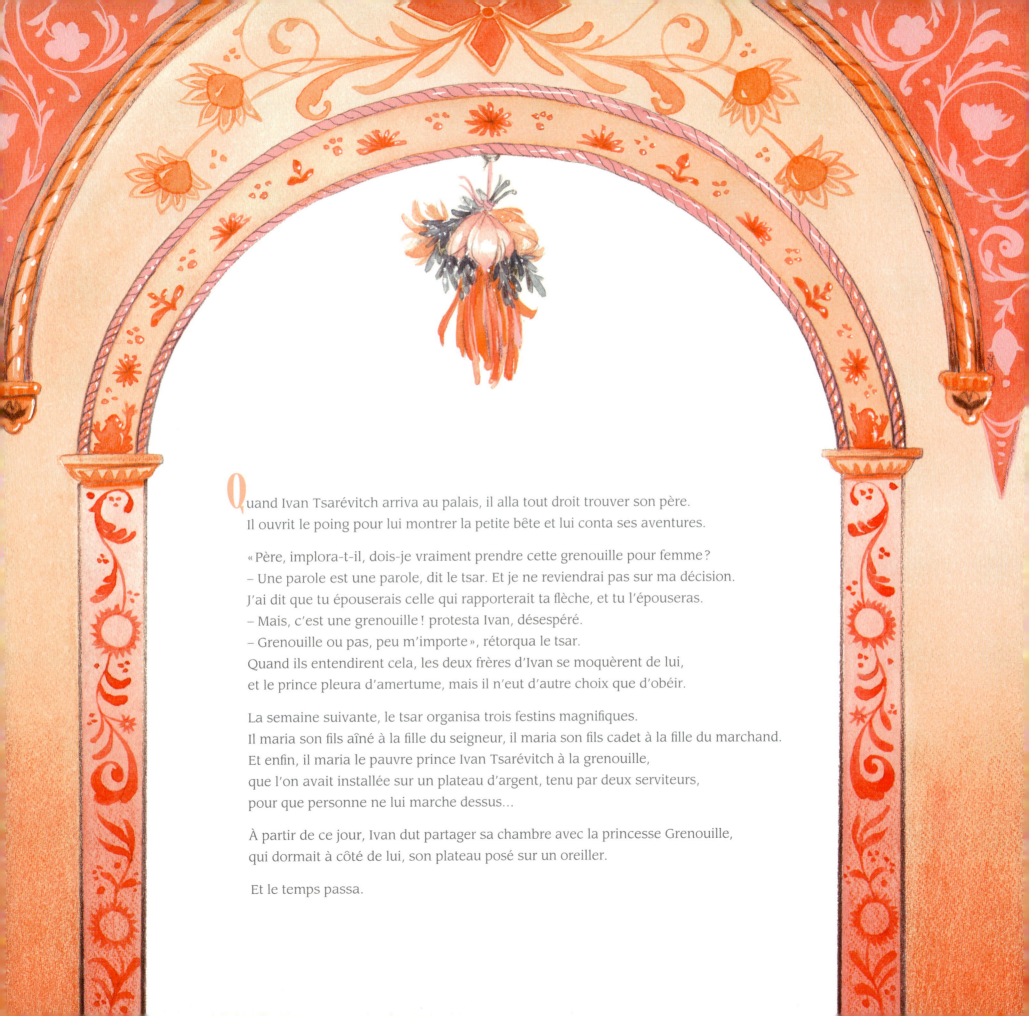

Quand Ivan Tsarévitch arriva au palais, il alla tout droit trouver son père.
Il ouvrit le poing pour lui montrer la petite bête et lui conta ses aventures.

« Père, implora-t-il, dois-je vraiment prendre cette grenouille pour femme ?
– Une parole est une parole, dit le tsar. Et je ne reviendrai pas sur ma décision.
J'ai dit que tu épouserais celle qui rapporterait ta flèche, et tu l'épouseras.
– Mais, c'est une grenouille ! protesta Ivan, désespéré.
– Grenouille ou pas, peu m'importe », rétorqua le tsar.
Quand ils entendirent cela, les deux frères d'Ivan se moquèrent de lui,
et le prince pleura d'amertume, mais il n'eut d'autre choix que d'obéir.

La semaine suivante, le tsar organisa trois festins magnifiques.
Il maria son fils aîné à la fille du seigneur, il maria son fils cadet à la fille du marchand.
Et enfin, il maria le pauvre prince Ivan Tsarévitch à la grenouille,
que l'on avait installée sur un plateau d'argent, tenu par deux serviteurs,
pour que personne ne lui marche dessus…

À partir de ce jour, Ivan dut partager sa chambre avec la princesse Grenouille,
qui dormait à côté de lui, son plateau posé sur un oreiller.

Et le temps passa.

Un beau matin, le tsar fit appeler ses trois fils.

« Mes chers enfants, je veux savoir laquelle de mes belles-filles
est la plus habile de ses doigts. Demandez à vos épouses
de me coudre une chemise pour demain. »
Les trois fils s'inclinèrent devant leur père et s'en furent.

À peine sortis, les deux aînés coururent porter la nouvelle
à leurs femmes, qui se mirent aussitôt en quête de l'étoffe
la plus fine et passèrent toute la nuit à broder.

¶van pour sa part revint chez lui le cœur serré.

Arrivé dans sa chambre, il s'assit et se prit la tête entre les mains.
La petite grenouille sautilla vers lui.

« Pourquoi pleures-tu, mon doux prince ? Aurais-tu donc quelque chagrin ? »
Ivan Tsarévitch lui sourit tristement :
« Les épouses de mes frères vont confectionner de splendides chemises
pour mon père, mais toi, que pourras-tu faire, ma pauvre petite Grenouille ?
– La nuit porte conseil, prince Ivan, coassa-t-elle.
Dors tranquille, je m'occupe de tout. »

Le prince Ivan lui tapota affectueusement la tête et, désolé,
il se coucha et finit par s'endormir.

Il ne vit pas que la grenouille sautait de son plateau d'argent.
Elle se débarrassa de sa peau verte, qui glissa à ses pieds comme un manteau,
et se transforma en une jeune fille plus resplendissante que le soleil lui-même.
Sans faire un bruit, elle ouvrit la fenêtre.
Entre ses mains gracieuses, elle emprisonna un courant d'air ;
puis, du bout des doigts, elle cueillit un rayon de lune.
Enfin, elle détacha délicatement de la treille
quelques fleurs d'aubépine.

Alors, la princesse Grenouille se mit à l'ouvrage,
maniant son aiguille d'or si vite
que l'on aurait dit une fée.

À son réveil, Ivan découvrit sur la table, enveloppée dans un linge,
une chemise aussi brillante que la lune, aussi légère qu'un vent d'été
et aussi douce qu'un pétale de fleur. Fou de joie, il la porta à son père.

Le tsar était en train de recevoir les présents de ses deux fils aînés.
Avec dédain, il examina la première chemise :
« Hum… Ce torchon est à peine digne d'être porté par un valet ! »
Il saisit la deuxième et la regarda sous toutes les coutures.
À nouveau, il grimaça :
« Et celle-ci ne vaut pas davantage… Même les servantes de mon palais brodent
avec plus de talent… »

Mais quand il ouvrit le paquet que lui tendait Ivan, le tsar resta muet de stupeur.
« Je suis à peine digne de porter celle-ci… » dit-il gravement,
et il adressa au prince un sourire plein de fierté.

Quelque temps après, le tsar fit à nouveau appeler ses trois fils.

« Mes chers enfants, je désire savoir laquelle de vos épouses est la meilleure pâtissière.
Ordonnez-leur de me faire cuire un pain pour demain. Je mangerai celui qui sera le meilleur. »

Tête basse, Ivan revint chez lui. Et à nouveau, la grenouille lui demanda :
« Mon beau prince, pourquoi as-tu du chagrin ? »
Et Ivan répondit :
« Il te faut préparer un pain pour le donner à mon père demain.
– Ne t'afflige pas, prince Ivan, la nuit porte conseil. Va dormir, je m'occupe de tout. »

Avec un soupir, Ivan Tsarévitch alla se coucher
et il ne tarda pas à sombrer dans le sommeil.

À peine fut-il endormi que la grenouille sauta de son plateau d'argent.
À nouveau, elle se dépouilla de sa peau et devint une magnifique jeune fille.
Sans perdre un instant, elle se glissa dehors et, de ses mains blanches,
ramassa quelques graviers sur le chemin ; puis, elle cueillit des épis de blé
et rentra se mettre au travail.

Lorsque le prince Ivan s'éveilla le lendemain matin,
il trouva sur sa table un pain merveilleusement décoré :
une ville miniature, avec ses maisons, ses églises, ses remparts
et ses minuscules habitants, était sculptée dans sa croûte dorée,
avec tant de soin que l'on aurait dit que tout était réel.
Ivan Tsarévitch enveloppa le pain dans une serviette et il courut le porter à son père.

Le tsar jeta à peine un coup d'œil aux pains de ses autres belles-filles,
mais il se déclara enchanté de celui de la princesse Grenouille.
« Je serai heureux de voir vos femmes danser demain au grand bal de la cour »,
dit-il à ses trois fils au moment de les quitter.

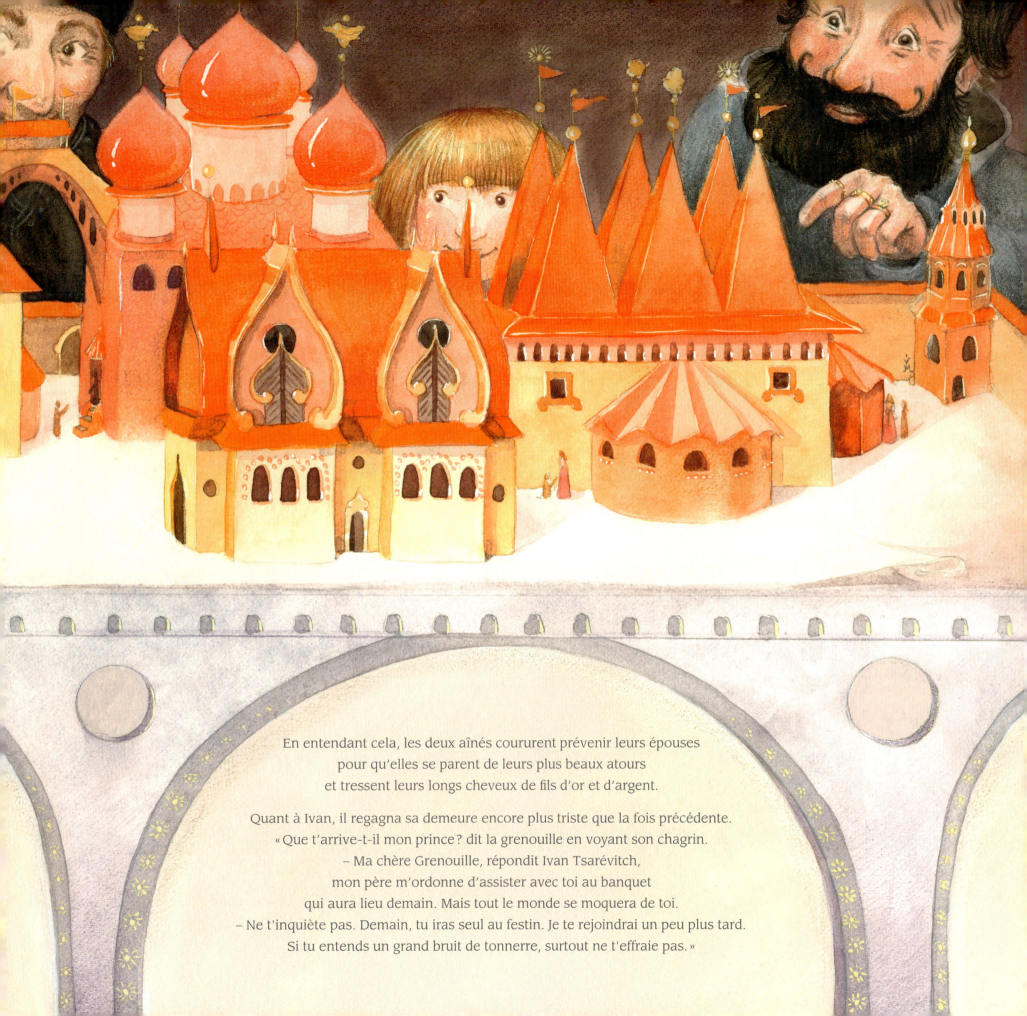

En entendant cela, les deux aînés coururent prévenir leurs épouses
pour qu'elles se parent de leurs plus beaux atours
et tressent leurs longs cheveux de fils d'or et d'argent.

Quant à Ivan, il regagna sa demeure encore plus triste que la fois précédente.
« Que t'arrive-t-il mon prince ? dit la grenouille en voyant son chagrin.
– Ma chère Grenouille, répondit Ivan Tsarévitch,
mon père m'ordonne d'assister avec toi au banquet
qui aura lieu demain. Mais tout le monde se moquera de toi.
– Ne t'inquiète pas. Demain, tu iras seul au festin. Je te rejoindrai un peu plus tard.
Si tu entends un grand bruit de tonnerre, surtout ne t'effraie pas. »

Le jour suivant, Ivan se rendit donc seul au bal.

En le voyant arriver sans personne à son bras, ses frères et ses belles-sœurs,
qui avaient encore sur le cœur l'humiliation de la veille,
se moquèrent cruellement de lui.
« Alors Ivan ? Tu es venu sans ta femme ? Tu as honte peut-être ?
Tu aurais dû nous l'amener dans un mouchoir ! »

Ils ricanaient méchamment quand un coup de tonnerre
fit trembler les vitres et les verres en cristal.
La porte s'ouvrit avec fracas, et une jeune femme apparut.
Un grand silence tomba sur l'assemblée.

Elle était si belle que les flammes des mille chandelles
qui éclairaient la salle parurent pâlir.
Sa robe avait les reflets changeants des rivières,
et ses cheveux blonds tombaient en cascade jusqu'au sol.

Elle s'avança avec un doux sourire
et posa sa main légère sur celle du prince Ivan.
« Père, annonça Ivan d'une voix serrée par l'émotion,
voici ma femme, la princesse Grenouille. »

Et le tsar s'inclina devant la princesse.

Le repas fut somptueux.

Mais, dans un coin, les deux belles-sœurs, pâles de dépit,
se poussaient du coude :
«Comme nous avons eu tort de nous moquer de la grenouille d'Ivan !
À n'en pas douter, c'est une fée.»

Et elles décidèrent de l'observer et de copier le moindre de ses gestes.
Quand elles virent la jeune femme glisser discrètement une bouchée de chaque plat
dans le pli de sa manche droite, elles se hâtèrent de remplir leurs manches des restes de leur repas.
Et quand elles remarquèrent qu'elle versait quelques gouttes de vin dans sa manche gauche,
elles firent exactement la même chose.

À la fin du repas, le tsar frappa dans ses mains.
«Dansons maintenant», ordonna-t-il d'une voix solennelle.

Et les mille musiciens levèrent leur archet.
La princesse Grenouille ouvrit le bal entre les bras d'Ivan Tsarévitch.

Tandis qu'ils tournoyaient, elle agita sa main gauche, et des forêts, des lacs
et des montagnes enneigées jaillirent de sa manche comme par enchantement.
Elle agita sa main droite, et une pluie de fleurs immaculées tomba avec légèreté
sur les dalles de la salle de bal, aux pieds des invités, éblouis.

Alors les deux belles-sœurs se levèrent et se mirent à danser en imitant soigneusement
tous les gestes de la princesse Grenouille ; mais quand elles secouèrent leur manche droite,
elles projetèrent des os de poulet sur la tête des invités, et quand elles remuèrent
leur manche gauche, elles les éclaboussèrent de vin.

Le tsar entra dans une terrible colère et les deux princesses versèrent
des larmes de honte et de confusion, et n'osèrent plus danser jusqu'à la fin du bal.

La fête dura toute la nuit, car chacun voulait valser avec la princesse Grenouille.

Peu avant l'aube, Ivan Tsarévitch s'éclipsa. Sans être vu, il courut à ses appartements
et, trouvant la peau visqueuse qui gisait sur le sol, il la jeta dans le poêle.
Avec un crépitement, la peau prit feu. Le prince la regarda se consumer
jusqu'à devenir un petit tas de cendres, puis, il retourna en courant vers la salle de bal,
où mouraient les derniers accords d'une valse.

Quand Ivan et sa femme rentrèrent au petit matin,
la princesse chercha du regard sa peau de grenouille.
Mais Ivan la prit dans ses bras et lui dit d'un air de triomphe :
« Tu ne la trouveras pas. Je l'ai brûlée, car je ne veux plus te perdre. »

Mais à son grand désarroi, la jeune fille devint blême, et ses yeux s'emplirent de larmes.
« Ô, mon beau prince, qu'as-tu fait ? Si tu avais attendu encore trois jours,
j'aurais été à toi pour l'éternité, mais maintenant, je dois te dire adieu. »

Et dans un éclair blanc, la princesse disparut.

Ivan fut accablé de chagrin, puis il reprit courage
et il partit à sa recherche.

Il marcha longtemps.
Il parcourut des forêts, il contourna des glaciers.
Il chemina de longs mois, sans jamais prendre de repos.

Enfin, un soir, il arriva devant une curieuse maison.
C'était une cabane sans fenêtres qui, au lieu d'être posée
sur le bord du chemin, était juchée sur des pattes de poule,
gigantesques et griffues. Elle tournait sur elle-même si vite
que l'on n'en voyait pas la porte.

Le prince Ivan cria :
« Petite isba, tourne-toi le devant vers la route, le dos vers la forêt. »

Aussitôt, la maison s'immobilisa, et la porte s'ouvrit.
Le prince pénétra dans l'isba et vit dans la pénombre
une vieille femme ridée, accroupie sur le poêle
malgré sa jambe de bois.

C'était Baba Yaga, la sorcière de la forêt,
qui le scrutait de ses yeux perçants.

Ivan n'était pas peureux.

«Bonjour grand-mère, dit-il en enlevant sa toque.
Je cherche ma femme, la princesse Grenouille. Aurais-tu entendu parler d'elle ?
– Bonjour prince Ivan, coassa la vieille avec un sourire édenté.
Alors te voici… Je sais où est ton épouse. Je pourrais t'aider,
mais que m'offriras-tu en échange ?
– Je n'ai que mon courage», dit Ivan, en montrant ses mains vides.

La sorcière appuya son menton sur son bâton noueux.
«Hum… Il pourrait m'être utile, siffla-t-elle pensivement.
Je vais te révéler la vérité mon garçon. Vassilissa-la-Très-Sage,
car tel est le nom véritable de ta femme, est détenue
par le sorcier Khatcheï, le maître du Trentième Royaume.
Il l'a transformée en grenouille, car elle se refusait à lui.
Elle était condamnée à rester ainsi sauf si un prince acceptait
de l'épouser et de la garder un an auprès de lui.
Tu aurais pu la sauver, si tu avais été moins impatient.
Mais, à présent, elle est de nouveau sa prisonnière…»

« Je vais la retrouver, s'exclama Ivan Tsarévitch. Et je tuerai Khatcheï s'il le faut !

– Laisse-moi parler, jeune écervelé, dit Baba Yaga en levant un doigt crochu
pour lui imposer le silence. On ne peut tuer Khatcheï, ni par le feu ni par le fer,
c'est bien pourquoi on l'appelle l'Immortel. Mais, je vais te révéler son secret… »
La sorcière baissa la voix :
« La mort de Khatcheï est au bout d'une aiguille qu'il a cachée dans un œuf.
Cet œuf est caché dans le ventre d'une cane, cette cane dans un lièvre,
et ce lièvre dans un coffre cerclé de fer. Quant au coffre,
il est dissimulé au sommet d'un vieux chêne. Casse cette aiguille
et tu détruiras Khatcheï ! Ainsi, je serai débarassée de mon pire ennemi…
– Mais où se trouve ce chêne ? », demanda Ivan.

Il n'eut pas plus tôt prononcé ces mots que la cabane montée sur des pattes de poule
se mit à tourner sur elle-même, à toute vitesse. Quand elle s'arrêta brusquement,
il y eut une bourrasque glaciale, et la porte s'ouvrit sur un étroit sentier
qui s'enfonçait parmi les arbres.

« Par là », dit simplement Baba Yaga.
Et la porte claqua derrière le dos d'Ivan.

Ivan Tsarévitch s'engagea dans l'épaisse forêt.

Autour de lui, les arbres étaient de plus en plus hauts et de plus en plus touffus.
Il marchait depuis des heures, quand soudain, il entendit du bruit.
Il se pencha et vit deux oursons qui jouaient dans les broussailles.
Ivan n'avait rien mangé depuis le matin.
Il tira son poignard, mais au moment où il allait les tuer,
une ourse se dressa devant lui et lui dit d'une voix suppliante :
« Je t'en prie Ivan, épargne mes petits ; je te rendrai service ! »
Le prince eut pitié de l'ourse. Il baissa son arme et continua son chemin.

Il longeait une rivière, quand tout à coup, il se trouva devant un loup qui le fixait de ses prunelles jaunes.

Il brandit son épée, bien décidé cette fois à en faire son déjeuner,
mais à sa grande surprise, le loup se mit à parler d'une voix humaine :
« Laisse-moi la vie, Ivan Tsarévitch, je te serai utile un jour. »
Le prince Ivan eut pitié du loup, et il poursuivit sa route.

Enfin, le jeune homme arriva devant une montagne dont les sommets étaient couverts de neiges éternelles.
Il commençait à grimper ses flancs escarpés, quand il aperçut deux aigles qui tournoyaient dans le ciel pur.
Bandant son arc, il visa le plus petit des deux, mais le plus grand poussa un cri de détresse :
« Je t'en supplie Ivan, ne tue pas mon petit ! Le jour viendra où tu auras besoin de moi. »

Le prince Ivan baissa sa flèche et soupira :
« Décidément, il est écrit que je ne déjeunerai pas aujourd'hui… », et il reprit sa marche, le ventre creux.

Mais soudain, Ivan s'immobilisa.

Une ombre gigantesque se profilait devant lui.
Au milieu de la route, se dressait l'arbre le plus majestueux qu'il ait jamais vu.
Un chêne immense, formidable, dont la cime disparaissait entre les nuages.
Dans l'épaisse peau ridée de son écorce, s'ouvrait une caverne, sombre et secrète.
Ivan leva les yeux.

Sur la plus haute de ses orgueilleuses branches était posé un coffre de fer.
Aussitôt, Ivan Tsarévitch retroussa ses manches et il essaya d'escalader l'arbre.
Mais le tronc du chêne était étrangement lisse,
et il ne trouva aucune prise où s'agripper.

Découragé, Ivan s'assit par terre, la tête entre les mains.

Mais soudain, arriva d'on ne sait d'où une ourse qui, de ses pattes puissantes, déracina le chêne, avant de disparaître dans la forêt. Le coffre tomba lourdement aux pieds d'Ivan et se brisa.

D'un bond, un lièvre en sortit et s'enfuit à toute allure. Ivan se jeta à sa poursuite, en vain.
Le lièvre s'était déjà évanoui dans les hautes herbes.
Mais à ce moment-là, un loup s'avança vers lui tenant dans sa gueule le lièvre ensanglanté.
Il le posa aux pieds du jeune homme et, avec un hochement de tête, repartit comme il était venu.

Le prince s'agenouilla et, avec son poignard, ouvrit délicatement le ventre du lièvre.
Une cane s'en échappa, sans qu'il puisse faire un geste pour la retenir.
Au même instant, un éclair noir troua le ciel : un aigle fondit sur la cane et l'attrapa en plein vol.
L'oiseau la déposa aux pieds d'Ivan Tsarévitch et s'éloigna, à tire-d'aile.

Avec précaution, Ivan entailla le ventre de la cane. Un œuf était à l'intérieur.

« Ne touche pas cet œuf », siffla une voix rauque…

Le prince se retourna.

Un être effroyable avait surgi du néant,
enveloppé d'un manteau noir qui semblait tissé de ténèbres.
Une large capuche dissimulait son visage.
Une bise glaciale s'était levée,
et Ivan sentit le froid le transpercer jusqu'à l'âme.

«Tu es Khatcheï! cria Ivan Tsarévitch. Qu'as-tu fait de ma femme?»
L'ombre glissait vers lui avec une lenteur inexorable…
«Je vais te la rendre, mais donne-moi l'œuf.
– Où est-elle?
– Dans mon palais sous la terre… Donne-le-moi!…»
rugit Khatcheï en tendant vers l'œuf sa main décharnée.

Mais Ivan fut le plus rapide.
Il serra le poing de toutes ses forces, et brisa la coquille.
Une simple aiguille tomba dans sa paume.
D'un coup sec, le prince en cassa la pointe.
Khatcheï se tordit comme si on l'avait jeté dans un brasier,
puis, son corps devint aussi noir qu'une branche calcinée,
et il fut réduit en cendres…

Alors, Ivan s'approcha du chêne. Un trou s'ouvrait dans l'écorce
où un escalier sinueux descendait dans l'obscurité.
Sous la terre, s'étendait le palais de Khatcheï,
vaste comme une ville, dont les racines formaient les voûtes.

Le prince fouilla les salles souterraines
et finit par trouver Vassilissa-la-Très-Sage.
« Tu es venu me chercher, Ivan Tsarévitch !
lui dit-elle en se jetant dans ses bras.
À présent, je suis à toi pour toujours. »

Ivan Tsarévitch embrassa la princesse
et il la ramena dans le royaume de son père.
Ils vécurent ensemble de longues années
et plus jamais ils ne se quittèrent.

Le petit entretien avec les musiciens

*«Shani, Gabriel, comment avez-vous choisi
les morceaux qui accompagnent cette histoire?»*

Pour un conte russe, nous avons puisé
dans les musiques de la grande tradition russe bien sûr !
Elles sont si belles qu'elles restent dans la tête :
on a envie de les chanter.
Pour les scènes d'action, quand Ivan galope,
ou quand les trois frères lancent leurs flèches,
nous avons choisi des rythmes endiablés et dansants
inspirés bien souvent du folklore populaire.
Pour les scènes d'amour, ou les apparitions de la princesse,
des mélodies mélancoliques aux harmonies profondes...
Puis, comme la princesse Grenouille tisse la chemise du tsar,
nous avons tissé la musique à la voix !

«Quel est votre passage préféré?»

C'est facile, nous avons tous les trois le même :
quand la princesse apparaît au bal dans un grondement de tonnerre,
la voix qui se mêle au violon nous donne des frissons.
Nous nous regardons tous les trois et nous sommes émerveillés
que cela soit si beau !

*« Pour fabriquer la chemise,
la princesse Grenouille utilise un courant d'air,
un rayon de lune et des fleurs d'aubépine...
Et vous, quels sont vos ingrédients
pour faire une histoire en musique?»*

Il faut s'écouter, se regarder, respirer ensemble !
Mélanger les vibrations du piano avec les couleurs
du violon, les inflexions de la voix.
Nous écoutons Élodie, ses sourires et les paysages
que ses mots font naître et cela change notre façon de jouer !
Nous enveloppons sa voix de nos sons. Élodie écoute
les couleurs de notre musique, et cela change aussi
sa façon de raconter : elle pose ses mots sur les notes.
Et notre rythme devient le sien.

Interprètes : Shani Diluka, Élodie Fondacci, Gabriel Le Magadure - **Direction artistique :** Shani Diluka, Élodie Fondacci, Gabriel Le Magadure, Lucile Metz et Sylvain Richard - **Arrangements :** Shani Diluka, Gabriel Le Magadure
Prise de son, mixage et mastering : Lucile Metz et Sylvain Richard - Enregistrement au Studio de Meudon, mai 2017. - Production : Les productions de l'Elfe

Directeur : Sarah Kœgler-Jacquet – **Directrice éditoriale :** Brigitte Leblanc – **Responsable de projets :** Juliette Spiteri, assistée de Lorène Lebrun
Responsable artistique : Solène Lavand, assistée pour la mise en page de Emma Lechardoy – **Fabrication :** Virginie Vassart-Cugini – **Lecture-correction :** Myriam Blanc
© 2017, Gautier-Languereau / Hachette Livre pour l'édition française – 58, rue Jean-Bleuzen – CS 70007 – 92178 Vanves Cedex – ISBN : 978-2-01-702461-3. Dépôt légal : octobre 2017 – Édition 01.
Imprimé en France par Pollina - 81877. Achevé d'imprimer en octobre 2017. Loi n° 49-956 du 16 juillet 1949 sur les publications destinées à la jeunesse.